Carlo Goldoni

Il negligente

*Dramma Comico per Musica da rappresentarsi nel Teatro
Giustinian di S. Moisè l'Autunno dell'Anno 1749.*

PERSONAGGI

FILIBERTO benestante, ricco, negligente.
Il Sig. Alessandro Renda.
LISAURA sua figlia.
La Sig. Dionisia Lepri.
PASQUINO servo di Filiberto.
Il Sig. Francesco Baglioni.
PORPORINA serva di Filiberto.
La Sig. Costanza Rossignuoli.
AURELIA orfana in casa di Filiberto.
La Sig. Serafina Penni.
CORNELIO amante di Aurelia.
Il Sig. Francesco Carrattoli.
DORINDO amante di Lisaura.
La Sig. Berenice Penni.
Un Conte che non parla.

La Musica è del Sig. Vicenzo Ciampi.

ATTO PRIMO

SCENA PRIMA

Camera in casa di Filiberto.

FILIBERTO *a sedere, e* LISAURA

FIL.	Possibile che un giorno
	Non possa star senza pensare a niente?
	Con questo tutto il dì rompermi il capo,
	Figlia troppo crudele,
	Mi farete morir. Voi lo sapete,
	Io bramo la mia pace:
	Faticare, pensar, m'annoia e spiace.
LIS.	Ah caro padre, come mai potete
	Goder la vostra pace
	Con una lite intorno,
	Che, se noi la perdiamo,
	Miserabili affatto oggi restiamo?
FIL.	E ci ho da pensar io?
	Vi pensa il mio causidico,
	Egli sa il suo mestiere;
	Io lo pago, e non voglio altro pensiere.
LIS.	Quant'è che a ritrovarlo non andate?
FIL.	Stamattina v'andai.
LIS.	Lodato il cielo!
	Gli parlaste? Che ha detto?
FIL.	Era uscito di casa.
LIS.	Non la finite mai d'uscir dal letto.
	Mai ben le cose vostre andar non ponno.
FIL.	Oh che dolce dormir quando s'ha sonno!
LIS.	Ho a dirvi un'altra cosa.
FIL.	Oimè! non m'annoiate.
LIS.	Voi vi tenete in casa
	Quell'impiccio d'Aurelia,
	E non si sa perché.
FIL.	Morto è suo padre.
	Me l'ha raccomandata.
LIS.	Mi rassembra però sia troppo ingrata.
	Eh, mandatela via.
FIL.	Ci penseremo.
LIS.	Un'altra cosa sola,
	Se mi date licenza,
	Vi dico, e me ne vado.
FIL.	Oh che pazienza!
LIS.	Io cresco nell'età. Son figlia sola.
	Voi siete un po' avanzato;
	Ed ancor non pensate a darmi stato?

FIL.	Oh ci è tempo, ci è tempo.
	Ci penseremo.
LIS.	(A far lo stato mio,
	Se non ci pensa lui, ci penso io). (*parte*)

SCENA SECONDA

FILIBERTO, *poi* PORPORINA

FIL.	Non basta il grande impaccio
	Di far nascer le figlie ed allevarle;
	Pensar anche bisogna a maritarle.
PORP.	Serva, signor padrone.
FIL.	Oh Porporina,
	Come stiamo in cucina?
PORP.	Ho un'ambasciata
	Di premura da farvi.
FIL.	Io non ho voglia
	Di sentir ambasciate;
	Me la farai stassera.
PORP.	Oh non ci è tempo
	Da perdere, signor. Sentite...
FIL.	Oibò.
	Che noia!
PORP.	Ha qui mandato
	Il causidico vostro...
FIL.	Oh nome odioso!
PORP.	A dir che tostamente,
	Anzi subitamente,
	Vi portiate a Palazzo.
FIL.	Eh, io non son sì pazzo.
	Non mi vuò incomodar.
PORP.	Vi fa sapere
	Esser la vostra causa in spedizione.
FIL.	Oh che bella ragione!
	Si spedisca. La nuova aspetterò.
PORP.	Vi vorrà del denar.
FIL.	Ne manderò.
	Senti, ho un po' d'appetito;
	Fammi una pietanzina,
	Cara mia Porporina.
PORP.	Ma spicciatevi prima il palazzista.
	O vestitevi e andate,
	O almen qualche risposta a lui mandate.
FIL.	Ehi Pasquino.

SCENA TERZA

PASQUINO *e detti.*

PASQ. Signor. (*di dentro*)

FIL. Vien qui.
PASQ. Non posso.

FIL. Perché?
PASQ. Fo colazione.

FIL. Poverino, ha ragione.
Finisci, e poi verrai.
PORP. (Eh, più sciocco padron non vidi mai).
FIL. Bisogna compatir la servitù.
Tutto il dì s'affatica,
E vuol la carità
Che un'ora gli si dia di libertà.
PASQ. Eccomi. Ho fatto presto?
FIL. Cancaro! tu sei lesto.
Sentimi, andar dovrai...
Dove ha detto? (*a Porporina*)
PORP. A Palazzo.
FIL. Anderai a Palazzo,
Cercherai conto di messer Imbroglio.
Portagli questa borsa.
Digli che si ricordi
Di sostenere in punto di ragione
Ch'io son chiamato alla sostituzione.
Digli che il testamento parla chiaro,
Che il testamento io l'ho,
E che, quando bisogni, il cercherò.
Digli...
PASQ. Basta: ih, ih, che diavol fate?
Tante cose in un fiato?
Voi m'avete imbrogliato.
FIL. Te lo tornerò a dir. Oh che fatica!
Anderai a Palazzo.
PASQ. Ben.
FIL Vedrai
Messer Imbroglio.
PASQ. Sì.

FIL. E gli darai
Questa borsa.
PASQ. Fin qua me ne ricordo.
E poi?
FIL. E poi, che il testamento io l'ho;
Che non l'ho ancor trovato,

6

	Ma ch'io sono chiamato
	Alla sostituzione,
	E che sostenga ben la mia ragione
PASQ.	Caro signor padron, fatemi grazia,
	Quella *prostituzion* cosa vuol dire?
FIL.	*Sostituzione,* ho detto.
PASQ.	Ma se poi tutto tutto
	Quel non dicessi che diceste voi?
FIL.	Oh, son stanco! Di' tu che diavol vuoi.

> Già te l'ho detto
>   Cos'hai da fare;
>   Non mi stancare,
>   Non m'annoiar.
>   Via, Porporina,
>   Vanne in cucina,
>   La pietanzina
>   Vammi tu a far.
> L'ho detto chiaro, (*a Pasquino*)
>   Tu m'hai capito.
>   Oh che appetito! (*a Porporina*)
>   Cara, non farmi
>   Tanto aspettar. (*parte*)

SCENA QUARTA

PASQUINO e PORPORINA

PASQ.	Che mi venga la rabbia
	Se mi ricordo più cosa m'ha detto.
	Basta, a Palazzo andrò;
	Qualche cosa dirò. (*vuol partire*)
PORP.	Ehi, ehi, Pasquino.
PASQ.	Porporina, che vuoi?
PORP.	Così tu parti,
	Senza darmi un addio?
	Più bene non mi vuoi, Pasquino mio?
PASQ.	Se ti vuò bene? e come!
	Ma per non mi scordar la mia lezione,
	Io me n'andavo a dire a ser Imbroglio
	Del testamento e la *prostituzione.*
PORP.	Vorrei ti ricordassi
	Della tua Porporina.
PASQ.	La sera e la mattina,
	Quando mi levo e quando vado a letto,
	Penso sempre, mia cara, a quel visetto.
PORP.	Eh tu burli, lo so.
PASQ.	No, ch'io non burlo,

	Te lo dico di core.
PORP.	Eh furbacchiotto,
	Mi vorresti far giù.
PASQ.	Per te son cotto.
PORP.	Via, via, vanne, Pasquino;
	La cosa preme assai.
	Vanne, e ritornerai poscia da me.
PASQ.	Se premesse al padron, v'andria da sé.
PORP.	Sai la sua negligenza.
PASQ.	Vado... ma dove? oh bella!
	Non mi ricordo più dov'abbia a andare.
PORP.	A Palazzo.
PASQ.	La borsa l'ho da dare...
	A chi?
PORP.	A messer Imbroglio.
PASQ.	Messer Imbroglio amato,
	Stavolta più di voi sono imbrogliato.

Ho da dir che il testamento...
Ho da dir... non ne so più.
Porporina... dillo tu...
Zitto, zitto, l'ho trovata.
Ho da dir ch'è la ragione
Della sua prostituzione
Che si deve sostener.
Gran memoria tengo io!
Ho da dir che il padron mio
L'ha cercato, l'ha trovato...
Sì, va bene, lo dirò. (*parte*)

SCENA QUINTA

PORPORINA, *poi* DORINDO

PORP.	Io mi vuò maritar. Pasquino, è vero,
	È un poco sempliciotto; ma talvolta
	Un mezzo scimunito
	Suol esser per la donna un buon marito.
DOR.	Quella giovine bella.
PORP.	Oh mio padrone,
	Chi dimanda?
DOR.	Trovai la porta aperta.
	L'ardir mio condonate.
PORP.	Quando trovate aperto, e voi entrate.
DOR.	Il signor Filiberto
	È in casa?
PORP.	È in casa.
DOR.	Si potria vedere?

PORP.   Se avete da parlar di qualche affare,
Difficile sarà.
DOR.   Per dir la verità,
So che siete una giovine prudente;
Di veder lui non me n'importa niente.
Lisaura bramerei...
PORP.   Ah, ah, v'ho inteso.
Garbato signorino,
Non cercate Marforio, ma Pasquino.
DOR.   A voi mi raccomando.
Permettete ch'io possa
Dirle almen due parole.
PORP.   Oh no no, non si puole.
Andate via.
DOR.   Possibile che siate
Tanto crudele?
PORP.   Andate via, vi dico.
DOR.   Vi sarò buon amico.
So il mio dover.
PORP.   Come sarebbe a dire?
DOR.   Io vi regalerò.
PORP.   Questi futuri
Non mi piacciono punto. Andate via.
DOR.   Vi prego in cortesia.
PORP.   No, no, non posso.
DOR.   Ma perché non potete?
Porporina, tenete
Questa picciola borsa
Per caparra di quel ch'io vi darò.
PORP.   Signor no, signor no.
DOR.   Eh via.
PORP.   La non s'incomodi
DOR.   Mi fate torto.
PORP.   Non vorrei...
DOR.   Prendete.
PORP.   Grazie, grazie. Voi siete (*prende la borsa*)
Veramente garbato.
DOR.   D'un core innamorato
Movetevi a pietà.
PORP.   Sentite: andate là.
Lisaura è sola sola,
Il padre è negligente,
E alla figlia non pensa niente niente.
DOR.   Dunque vado.
PORP.   Sì, andate.
Ma giudizio!
DOR.   No, no, non dubitate;
Abbiam Lisaura ed io
Lo stesso naturale;
Tra lei e me non vi puol esser male.

PORP.   Quand'è così, mi fido;
E poi son di buon core.
Io non posso veder patir nessuno.
Spezialmente quand'uno
È, come siete voi, gentil così,
M'adoprerei per lui la notte e il dì.

   Non posso soffrire
    Vedervi languire;
     Ho un cor troppo tenero
     Vi voglio aiutar.
   (Perché non è avaro,
    Non prezza il danaro,
     Lo vuò consolar).
   Ho un cor troppo tenero.
    Vi voglio aiutar. (*parte*)

SCENA SESTA

DORINDO *solo.*

Dice ben Porporina, dice bene:
Chi vuole esser contento,
Vi vuol l'oro e l'argento.
Chi non ha capitale,
Con le donne oggidì la passa male. (*parte*)

   Senza sentir il danno
    Dell'amorose pene,
    Esser privo d'affanno
    In grazia al caro bene,
    Non v'è piacer più amabile,
    Dical chi amor provò.
   Misero! non son io
    Felice? e chi mel niega?
    Che più bramar degg'io,
    Più desiar non so. (*parte*)

SCENA SETTIMA

Altra camera nella stessa casa.

AURELIA *e* CORNELIO

AUR.   Sì, sì, Cornelio mio,
Amami di buon cor, che t'amo anch'io.

CORN. Circa all'amor, mia cara,
Non v'è niente che dir. Siamo felici.
Tu mi vuoi bene a me;
Io voglio bene a te. Ma il punto sta
Che tu dote non hai,
Che io poderi non ho, non ho mestiere;
E non vorrei che avesse
Il gusto dell'amor presto a finire,
E ci avessimo poi, cara, a pentire.
AUR. Per questo è, ch'io procuro
Allettar co' miei vezzi
Il signor Filiberto,
Il quale, incatenato
Da quell'arti che a lui poco son note,
Mi vorrà bene, e mi farà la dote.
CORN. Io per un'altra strada
Tento la nostra sorte.
Ti è nota quella lite
Che contro Filiberto
Mossa ha il Conte?
AUR.   Lo so.
CORN.   Sappi che siamo
Interessati nella lite in terzo,
Io per il primo, il Conte e ser Imbroglio.
AUR. Come! ancor ser Imbroglio?
Di Filiberto istesso
Il causidico ancora?
CORN.   Sì, ti pare
Cosa strana? È così.
Siam tre d'accordo
Per mandarlo in rovina.
Il Conte fa la principal figura;
Imbroglio al precipizio apre la strada;
Io vo tenendo Filiberto a bada.
AUR. Dunque si può sperar che vada bene.
CORN. Si può sperar, ma dubitar conviene.
AUR. Voi tre tesa gli avete
Una terribil rete.
Io un altro laccio ho teso:
Dalla rete o dal laccio ei sarà preso.
CORN. E noi contenti allora,
Senza che della fame
V'entri il brutto demonio,
Goderem lietamente il matrimonio.

  Bel contento è l'esser sposi
   Senza aver da sospirar.
   Ma poi tutto si scompiglia
   Quando grida la famiglia:
   «Pane, pane, mamma mia».

Oh che brutta sinfonia,
Quando pane più non c'è.
Dura un giorno, un mese o un anno
Il piacer d'amor novello.
Da principio tutto è bello,
E poi dopo vien l'affanno;
Meglio è stare ognun da sé. (*parte*)

SCENA OTTAVA

AURELIA, *poi* FILIBERTO

AUR.   O bene o mal che sia,
Quando a noi altre donne
Ci vien quest'appetito,
Senza filosofar pigliam marito.
Ma ecco che sen viene
Il signor Filiberto.

FIL.   Bene, bene, (*verso la scena*)
Si farà, si farà, non mi stancate.
Oh Aurelina, che fate?

AUR.   Benissimo starei,
Se fossi in grazia sua.

FIL.   La mia grazia, lo sai, che tutta è tua.

AUR.   S'accomodi un pochino.
Guardate, poverino,
Egli è tutto sudato;
Si sarà affaticato. (*lo asciuga col fazzoletto*)

FIL.   Se lo dico!
Mi voglion far crepare.
M'hanno fatto cercare
Una scrittura antica.
L'ho cercata mezz'ora. Oh che fatica!

AUR.   Eh, signor Filiberto,
Io so che vi vorrebbe,
Per sollevarvi da cotanti affanni.

FIL.   Sì, mia cara Aurelina,
Dite, che vi vorrebbe?

AUR.   Una sposina.

FIL.   Una sposina? Sì; ma il matrimonio
Porta seco de' pesi.
Il marito dev'esser uom valente;
Ed io sono avvezzato a non far niente.

AUR.   Vi vorrebbe una moglie
Che sollevar sapesse
Dagli affari il marito;
Un'economa esperta
Che sapesse di conti e di scrittura;

Una che con bravura
Da sé sapesse spendere,
Comprar, cambiare e vendere;
Che con i palazzisti
Sapesse favellare a tu per tu,
E sapesse frenar la servitù.

FIL.   Oh il ciel volesse che una donna tale
Ritrovar io potessi!
Non so dire per lei cosa facessi.

AUR.   Per vendere e comprar son nata apposta.

FIL.   Oh brava!

AUR.   So di conti e di scrittura;
Ed ho l'economia già per natura.

FIL.   Come sei tu informata
Di Palazzo e di lite?

AUR.   Oh, che cosa mai dite?
So tutte le malizie
Ch'usano i palazzisti
Per far le cose dritte apparir torte;
E so andar, quando occorre, per le corte.

FIL.   Tu sei una gran donna!
(Davver, che quasi quasi
Io me la piglierei).

AUR.   (Quanto è baggiano!
Spero che il laccio non sia teso invano).

FIL.   Dimmi, Aurelia, inclinata
Sei tu pel matrimonio?

AUR.   Oh signor no.

FIL.   E s'io ti proponessi un buon partito?

AUR.   Quando fosse il marito...
Come sarebbe a dir...

FIL.   Via, parla schietto.

AUR.   Mi vergogno davvero.

FIL.   Qui nessuno ci sente.

AUR.   Quando fosse il marito come voi...

FIL.   Tuo marito sarò, se tu mi vuoi.

AUR.   Ma io povera sono, e non ho dote.

FIL.   Io, io te la farò.

AUR.   E poi... signore... io so
Che graziosa non sono, e non son bella.

FIL.   Cara, tu agli occhi miei sembri una stella.

AUR.   Oimè, cos'è questo
Ch'io provo nel core?
Nemica d'amore
Son stata finor:
Adesso per voi
Mi sento languir.
Mio caro, ma poi,
Di me che sarà?

Son troppo innocente
Nell'arte d'amar.
Oimè, non vorrei
Lasciarmi ingannar.
Di me semplicetta,
Di me poveretta,
Abbiate pietà. (*parte*)

SCENA NONA

FILIBERTO, *poi* LISAURA

FIL.   L'ho sempre detto ch'è una buona figlia
Aurelia, di buon'indole e talento,
E di prenderla in moglie io son contento.
Ma quando? Eh, si farà! Ma mi potrebbe
Fuggire dalle mani. Andiamo subito,
Pria che qualch'altro amor n'occupi il loco.
N'andrò, ma pria vo' riposarmi un poco. (*siede*)

LIS.   Signor padre, un affar di gran premura
Mi conduce da voi.

FIL.   Di grazia andate, e tornerete poi.

LIS.   Il cielo mi presenta
Una buona fortuna.

FIL.   Me ne rallegro assai.

LIS.   Dorindo, il figlio
Di quel ricco mercante,
Mi si è scoperto amante.

FIL.   Benissimo, e così?

LIS.   Mi brama in moglie.

FIL.   Ne parleremo poi.

LIS.   Volea venir da voi,
Ma per non annoiarvi ei si trattiene.

FIL.   In questo ha fatto bene.
Io non vuò seccature.

LIS.   Aspetta la risposta.

FIL.   Aspetti pure.

LIS.   Dunque, che gli ho da dire?

FIL.   Per or se ne può ire;
Ci penseremo, tornerà.

LIS.   Ma quando?

FIL.   Oh l'è lunga!

LIS.   Io stessa
Da lui ritornerò.

FIL.   Da lui? Signora no.

LIS.   Dunque anderete voi.

FIL.   Non posso, non ne ho voglia.

LIS.   La civiltà lo vuole;

Conosco il dover mio:
Se non ci andate voi, ci anderò io.

Deh non fate ch'io vi chiami
  Crudo padre e dispietato;
  Del mio core innamorato
  Deh, movetevi a pietà.
Lo sapete s'io fui sempre
  Rassegnata ed umil figlia;
  Ma l'affetto or mi consiglia,
  Né so dir quel che sarà. (*parte*)

SCENA DECIMA

FILIBERTO, *poi* PASQUINO

FIL.	Cancaro! dall'amante
	Risoluta si porta? andar conviene.
	Ma se sto tanto bene,
	Perché ho da levarmi?
	Eh, per ora non voglio incomodarmi.
PASQ.	Son qui, signor padrone.
FIL.	Ecco un altro tormento;
	Non mi lasciano in pace un sol momento.
	E ben, che cosa ha detto?
PASQ.	Chi?
FIL.	Il causidico mio.
PASQ.	Non l'ho veduto.
FIL.	Perché?
PASQ.	Perché un po' tardi
	A Palazzo, signor, sono arrivato,
	E il causidico già se n'era andato.
FIL.	Non importa, stassera
	L'andrai trovar a casa.
PASQ.	Signor sì.
FIL.	Dammi dunque la borsa.
PASQ.	Eccola qui.
FIL.	Questi pochi denar son risparmiati.
PASQ.	Li volete contar?
FIL.	Li ho già contati.
	Li porrò nello scrigno,
	Ma incomodar non mi vorrei. Pasquino,
	Tieni le chiavi... no... fidarsi troppo
	Non istà bene. Adesso. Porporina

SCENA UNDICESIMA

PORPORINA *e detti.*

PORP.			Signor.
FIL.			Il tavolino

PORP.   Signor.
FIL.   Il tavolino
Porta, e lo scrigno. Aiutala, Pasquino.
PORP.   Subito. (Pesa poco, è ormai finito).
PASQ.   (Volea darmi le chiavi, e si è pentito).
PORP.   (Chi non si fida, merta esser gabbato).
PASQ.   (Di trappolarlo il modo ho già pensato).
PORP.   Ecco lo scrigno.
FIL.   Tieni, aprilo tosto.
PORP.   L'ho aperto.
FIL.   Brava.
PORP.   Altro da noi comanda?
FIL.   Andate pur; da me mi divertisco.
PORP.   Serva, signor padron. (*parte*)
PASQ.   La riverisco. (*parte*)

FIL.   Scrigno caro, bello, bello,
                                  Te ne vai così pian piano,
                                  Ed ormai non ve n'è più.
PORP.   Ehi, signor, siete chiamato.
FIL.   Chi mi vuole?
PORP.   Il palazzista.
FIL.   Oh che vita amara e trista!
                                  Vada via, ritornerà.
PASQ.   Ehi, signor, siete cercato.
FIL.   Chi mi brama?
PASQ.   È un cavaliere.
FIL.   Vada via, ritornerà.

  PORP.   }   *a*   (Ed ancor non se ne va?) (*fra loro*)
  PASQ.

FIL.   Scrigno caro, bello, bello ecc.
  PORP.   }   *a*   Sì signor, glielo diremo. (*verso la scena*)
  PASQ.
FIL.   Con chi dite?
                                   Una parola, (*a Filiberto*)
           }   *a*   Una cosa sola sola
           due
  PORP.   Vi vuol dire, e se ne va.
  PASQ.

FIL.   Oh che pena!
  PORP.   }   *a*   (Se ne va). (*fra loro*)
  PASQ.
FIL.   Oh che rabbia! (*parte*)
                           Se n'è andato, se n'è andato.
           }   *a*   E lo scrigno è spalancato. (*rubano due borse*)
            due   Prendi, prendi, piglia, piglia.
  PORP.   Presto, presto, ch'egli è qua. (*Filiberto torna*)

16

PASQ.

FIL.   Cosa fate?
 PORP. } *a*   Niente, niente. (*nascondono le borse, e Filiberto se*
PASQ.
FIL.   Cos'è questo?
 PORP. } *a*   Nulla, nulla. (*Vogliono nasconderle sotto il grembiale o*
PASQ.
FIL.   Vuò vedere.
PORP.   A una fanciulla?
FIL.   Vuò toccare.
PASQ.   Ad un zitello?
FIL.   Birboncello,
          L'ho trovato. (*trova la borsa*)
          Disgraziata,
          M'hai rubato. (*fa lo stesso*)
          Presto, andate via di qua.
PORP.   Io non sono.
PASQ.   È stata lei.
FIL.   Sei bugiardo.
          Ardita sei.
 PORP. } *a* Perdonate, per pietà.
PASQ.
FIL.   Presto, andate via di qua.

ATTO SECONDO

SCENA PRIMA

Camera come prima.

AURELIA *e* CORNELIO

AUR.	Anderà ben, benissimo,
	Con quattro paroline io l'ho incantato.
	E di me innamorato,
	La dote mi farà.
CORN.	Come facesti
	A tirarlo in la rete?
AUR.	Io? Tu lo sai,
	Ho un certo che nel volto,
	Ho un certo che nel tratto,
	Misto così tra il furbo e il sempliciotto,
	Che ogni uno che mi parla, resta cotto.
CORN.	Non vorrei che allorquando
	Moglie mia tu sarai,
	Altri si cucinasse al tuo bel foco.
AUR.	Se geloso sarai, goderai poco.
CORN.	Basta; ne parleremo. Ma io penso:
	Se il signor Filiberto
	Ti ha promesso la dote,
	Sarà sì generoso
	Sol coll'idea di divenir tuo sposo.
AUR.	Così sarà, ma io
	So fare il fatto mio.
	Della sua negligenza
	Profittarmi saprò.
	Forse gli rapirò,
	Col pretesto di far la soscrizione
	Al contratto nuzial, la donazione.
CORN.	Oh gran donna! oh gran donna! Io col tuo esempio
	Propor vuò a Filiberto
	L'aggiustamento della lite. A lui
	Chiederò la sua firma
	Per chiudere il contratto,
	E quand'egli mi creda, il colpo è fatto.
AUR.	Con ragion ci ha congiunti
	Amor sagace e scaltro;
	Nati siam veramente uno per l'altro
CORN.	Ah, ch'io non vedo l'ora,
	Cara, che tu sii mia
AUR.	Tua sarò, ma non voglio gelosia.

CORN.	Dammi la bella man. Lascia che almeno Io me la stringa al seno.
AUR.	Sì, caro, ecco la man, se tu la vuoi; Del mio core e di me dispor tu puoi.

SCENA SECONDA

FILIBERTO *in disparte, e detti.*

CORN.	Oh che cosa gustosa (*si tengono sempre per mano*) Aver sì bella sposa!
AUR.	Oh che felice sorte, Aver sì buon consorte!
CORN.	Marito fortunato!
AUR.	Quando, quando verrà quel dì beato?
FIL.	Bravi. Buon pro vi faccia.
CORN.	(Oh maledetto!)
AUR.	Vi giuro e vi prometto, (*a Filiberto*) Caro il mio ben, che sempre parlerei Del nostro matrimonio, E ne chiamo Cornelio in testimonio.
CORN.	(Oh brava!) Sì, davvero, Ella vi vuol gran ben.
FIL.	Mi vuol gran bene? Parmi ch'ella dicesse: «Oh che felice sorte, Aver sì buon consorte!» (*accennando Cornelio*)
AUR.	M'intendevo di voi.
FIL.	E voi diceste poi: (*a Cornelio*) «Marito fortunato!» E lei: «Quando verrà quel dì beato?»
CORN.	Marito fortunato Filiberto chiamai.
AUR.	Ed io di Filiberto sol parlai.
FIL.	E parlando di me, Si tenevan le man sì bene unite? Buona gente, che dite?
CORN.	Io lo facea senza pensare a niente.
AUR.	Era una cerimonia indifferente.
FIL.	Che cerimonia? Andate via di qua.
AUR.	Oimè, mi discacciate? Più ben non mi volete?
FIL.	Una mendace siete.
CORN.	Credetemi, signor.
FIL.	Non mi parlate.
AUR.	Se voi m'abbandonate, Morirò disperata.
FIL.	Vostro danno.

AUR.	Ahi che dolor! che affanno!
	Chi mi porge ristoro?
	Filiberto crudele, io manco, io moro. (*finge svenire sopra una sedia*)
CORN.	Povera sventurata,
	Per voi quasi è spirata.
FIL.	Poverina! davvero?
	Ha il naso freddo freddo.
	Mi muove a compassione.
CORN.	Aiutatela almeno.
	Un qualche spirto vi vorrebbe al naso.
FIL.	Acqua della Regina. Oh che gran caso! (*parte*)
AUR.	È andato? (*s'alza*)
CORN.	È andato a prendere
	L'acqua della Regina.
AUR.	Oh che bel pazzo!
	Per far lieto il cor mio
	Vi vuol altro che odori!
CORN.	Il so ancor io.
	Eccolo, che ritorna.
AUR.	Alla lezione. (*torna in atto di svenuta*)
CORN.	(Chi alla femmina crede è un gran minchione).
FIL.	Eccomi, come va? (*con boccetta*)
CORN.	Misera! fa pietà.
FIL.	Adesso, adesso. (*la bagna*)
CORN.	Dubito sia morta.
FIL.	E pur non è venuta niente smorta.
	Zitto, zitto, rinviene.
AUR.	Ah traditor! (*a Filiberto*)
FIL.	Mio bene,
	Son qui tutto per voi.
AUR.	Mi crederete poi?
FIL.	Sì, sì, vi crederò.
AUR.	Se voi non mi credete, io morirò.

AUR. (continuing, centered verse):

Crudelaccio, crudelaccio.
Non mi fate sospirar.

FIL.	Non mi fate lacrimar.
AUR.	Io son tutta tutta vostra. (*tocca per di dietro la mano a Cornelio*)
	Questa mano è tutta mia,
	Quel visetto voglio amar.
FIL.	Voi mi fate giubilar.
AUR.	(Imparate, o donne care.
	Che vi pare? non fo bene?
	Or si ride ed or si sviene.
	Un la mano e l'altro il cor). (*parte*)
CORN.	(E quel pazzo se lo crede,
	Non s'avvede dell'inganno.
	Queste donne, affé, ne sanno
	Di bugie più d'un dottor)

SCENA TERZA

FILIBERTO *e* CORNELIO

CORN.	Andate, signor mio,
	Aurelia è offesa, e sono offeso anch'io.
FIL.	Io credea... Compatite.
CORN.	Orsù, perché non dite
	Ch'io venga in casa vostra a far l'amore,
	Io vi son servitore. (*vuol partire*)
FIL.	No, sentite.
CORN.	Io della vostra lite
	Avevo poste ben le cose a segno,
	Ma vado adesso a rinunziar l'impegno.
FIL.	Ah per amor del ciel, non vi stancate
	Di essermi protettor.
CORN.	Già l'avversario
	Si era posto in spavento,
	E trattava con me l'aggiustamento.
FIL.	Volesse il ciel che fossimo aggiustati!
	Palazzisti, avvocati
	Mai più trattar vorrei;
	E goder la mia pace anch'io potrei.
CORN.	Andate voi dal Conte
	La cosa a terminar.
FIL.	Ma non potreste
	Consumare l'affar tra voi e lui?
CORN.	Potrei, ma se mi riesce
	Di prenderlo in parola,
	L'autorità non tengo
	Di stringere il contratto.
	Venite meco.
FIL.	No, Cornelio caro,
	Non fate che il piacer mi riesca amaro.
	Fate voi, fate voi
CORN.	Datemi almanco,
	Sottoscritto da voi, un foglio bianco.
FIL.	Fin questo si può fare;
	Del resto tutto a voi lascio l'imbroglio.
CORN.	Eccovi il calamar, la penna e il foglio. (*tira fuori tutto di tasca*)
FIL.	*Filiberto Tacconi:* (*scrive*)
	Affermo quanto sopra si contiene.
	Basta così?
CORN.	Va bene. (*prende il foglio*)
FIL.	S'io presto non finiva,
	Di testa mi veniva un giramento.
CORN.	Davvero?
FIL.	La fatica è un gran tormento.

21

CORN.   Or via, siete spicciato;
          Domani voi sarete consolato.

                    Con questo foglio in mano
                      Farò l'aggiustamento.
                      (Ma lo farò per me).
                      Vedrete chi son io;
                      D'un galantuom par mio
                      Non s'ha da dubitar.
                    La vostra ricca entrata,
                      La vostra sposa bella
                      Difendervi saprò.
                      (Ma presto questa e quella
                      Gli voglio sgraffignar). (*parte*)

SCENA QUARTA

FILIBERTO, *poi* PORPORINA *e* PASQUINO

FIL.   Manco mal che la sorte mi provede.
          Mi ama Aurelia; Cornelio è tutto fede.
PORP.   (Ecco il padron).
          (*parlano in disparte fra di loro, non sentiti da Filiberto*)
PASQ.   (Chiediamogli perdono).
PORP.   (Se vogliamo ottenerlo,
          Fingiam d'esser nemici).
PASQ.   (E poi in cucina torneremo amici).
FIL.   Io far l'aggiustamento?
          Non lo faccio in due anni. Oh che tormento!
PORP.   Signor padron.
PASQ.   Signor padrone mio.
PORP.   Io vi chiedo perdono.
PASQ.   Pietà Pasquin vi chiede.
PORP.   Io vi bacio la man.
PASQ.   Vi bacio il piede.
FIL.   Temerari, bricconi.
PORP.   Signore, io non volevo.
          È stato lui.
PASQ.   È stata lei che ha detto:
          Piglia, piglia, Pasquino.
PORP.   Non è ver, malandrino.
          Sei stato tu. Colui è un disgraziato: (*a Filiberto*)
          Mezzo il vin della botte ha tracannato.
PASQ.   Lei fa l'amor con tutti;
          E giù per i balcon cala i presciutti.
PORP.   Chi ha venduta la legna?
PASQ.   E la farina
          Chi l'ha mandata via?

PORP.	Vi vuò scoprir.

PORP.   Vi vuò scoprir.
PASQ.   Ti voglio far la spia.
FIL.   È bella la canzone,
    E si suona alle spalle del padrone.
PORP.   Io sono fidatissima.
PASQ.   Io sono onoratissimo.
PORP.   Caro il mio padroncin.
PASQ.   Padron carissimo.
FIL.   Orsù, per non far torto all'uno o all'altro,
    Giacché ha fatto ciascun le parti sue,
    Vi licenzio di casa tutti e due.
PASQ.   Senti? per causa tua. (*a Porporina*)
PORP.   Per te, briccone. (*a Pasquino*)
    (Senta, signor padrone. (*piano a Filiberto*)
    Per sgravio di coscienza,
    Il povero Pasquin, sappia, è innocente;
    E quel che ho detto, non è vero niente).
FIL.   Buono!
PASQ.   (Signor padrone, una parola. (*piano a Filiberto*)
    Per rabbia ho detto mal di Porporina,
    Per altro ella è innocente, poverina).
FIL.   Meglio! Ma io vi credo
    Due furbi belli e buoni.
PASQ.   Uh cosa dite!
PORP.   Il ciel ve lo perdoni.
FIL.   Io non mi fido più.
PASQ.   Sarò fedele.
PORP.   Fedel sarò, sull'onor mio lo giuro.
PASQ.   Sulla mia pudicizia io v'assicuro.
FIL.   (Se mando via costoro,
    A trovarne altri due sarò impicciato).
    Orsù, v'ho perdonato
    Per questa volta, ma se un'altra arriva...
PORP.   Oh caro!
PASQ.   Oh benedetto!
    (*l'accarezzano, e accarezzandolo con caricatura, l'infastidiscono*)
a due   Evviva, evviva.
FIL.   Basta, basta, fermi state:
        Maledetti, mi stroppiate,
        Tocca, tocca, se tu vuoi. (*a Porporina*)
        Va a scherzar co' pari tuoi. (*a Pasquino, e parte*)

SCENA QUINTA

PORPORINA *e* PASQUINO

PASQ.   Per questa volta è andata bene.
PORP.   In grazia

| | Del mio giudizio |
| PASQ. | Sì, gioia mia bella. |

Tu sei una ragazza
Che può star, per dottrina, in paragone
D'Ovidio, Quinto Curzio e Cicerone.

PORP. Tutto ho fatto per te.
Per altro in vita mia
Io non so d'aver detto una bugia.

PASQ. Dunque mi porti amore?
PORP. T'amo con tutto il cuore.
PASQ. Dunque tu mia sarai?
PORP. Sì, Pasquin, sarò tua, se mi vorrai.
PASQ. Se ti vorrò? Cospetto!
Non bramo altri che te.
Per quel tuo bel visino
Lascierei la minestra, il pane e il vino.
PORP. Ma quando mi darai...
PASQ. Cosa?
PORP. La mano?
PASQ. Eccola, se la vuoi.
PORP. La prenderei, ma poi...
PASQ. Ma poi, di che hai paura?
PORP. Che tu mi dica il ver non son sicura.
PASQ. Vuoi che ti mostri il cor? dammi un coltello.
Voglio spaccarmi il petto,
Voglio mostrarti il cor.
PORP. No, poveretto,
Lo so che mi vuoi bene;
Ma un po' di gelosia mi dà martello.
PASQ. Maledetta disgrazia è l'esser bello!
PORP. Quei cari e belli occhietti
Saranno tutti miei?
PASQ. Sì.
PORP. Quel bocchino
Sarà tutto per me?
PASQ. Sì.
PORP. Quel visetto.
È tutto, tutto mio?
PASQ. Sì, tutto, tutto.
PORP. Io mi sento morire.
PASQ. Io son distrutto...
PORP. Stassera...
PASQ. Che?
PORP. Faremo...
PASQ. Che cosa?
PORP. Il matrimonio.
PASQ. Non potressimo...
PORP. Cosa?
PASQ. Farlo adesso?...
PORP. Così non è permesso.

PASQ.	Ma io non posso più.
PORP.	Ma io già peno.
PASQ.	Vado tutto in sudore.
PORP.	Io vengo meno.

> Oimè, che fuor del petto
>   Mi vien sul labbro il cor;
>   Ma su quel bel labbretto
>   Veggo il tuo core ancor.
>   Dammi il tuo core, oh Dio!
>   Pigliati, o caro, il mio!
>   Piglialo, che tel dono,
>   Dammelo, per pietà.
> Cosa farai del mio?
>   Del tuo cosa farò?
>   Perché fedel son io,
>   Il tuo lo serberò.
>   Tu, che pietà non hai,
>   Me lo strapazzerai?
>   No, no, per carità. (*parte*)

SCENA SESTA

PASQUINO e DORINDO, *il quale vorrebbe trattenere* PORPORINA *che parte.*

DOR.	Ehi! Porporina, udite...
PASQ.	Signor, cosa comanda
	Da Porporina?
DOR.	Che vuoi tu sapere?
	Va via, brutto villano.
PASQ.	Cos'è questo villano?
	Cos'è questo va via?
	Cosa pretende lei?
DOR.	Quel che mi pare. (*vuol seguire Porporina*)
PASQ.	Con grazia, padron mio: (*lo trattiene*)
	Lo vuò sapere anch'io.
DOR.	Tu non devi saper quello che passa
	Fra Porporina e me.
	(Non vuò ch'ei sappia,
	Che qui Lisaura aspetto).
PASQ.	Porporina dev'esser moglie mia.
	Mi meraviglio di vussignoria.
DOR.	(Mi voglio divertir con questo sciocco).
	Porporina tua sposa?
	Credimi, l'hai sbagliata;
	È la mia innamorata.
PASQ.	Come! oh diavolo!
	Non può star, non sarà, nol posso credere.

	Mi vuol ben, me l'ha detto, e l'ha giurato.
DOR.	Di te gioco si prende, ed ha scherzato.
PASQ.	Ah bugiarda! ah maliarda!

PASQ.
Adesso, adesso intendo
Perché, quando le ho detto
Di far il matrimonio di nascosto,
La furba m'ha risposto:
«Così non è permesso».
Femmine traditore! ingrato sesso!

Dunque è vostra innamorata? (*a Dorindo*)
  (Maledetta disgraziata,
  Crepa, schiatta, va in malora,
  Aver ben non posso un'ora).
  Dunque è ver, che vi vuol bene? (*parte*)

SCENA SETTIMA

DORINDO, *poi* LISAURA

DOR.
Sentimi, non è ver... Quasi mi spiace
Aver dato al meschin sì gran cordoglio.
So per prova qual sia
Il tormento crudel di gelosia.
Ma ecco la mia bella,
Che a beare mi vien cogli occhi suoi.

LIS.   Dorindo, eccomi a voi.

DOR.   Cara Lisaura,
Tutti siamo traditi. Ho discoperta
Una barbara trama:
Di spogliar Filiberto oggi si brama.
Cornelio, il Conte e ser Imbroglio uniti,
Al vostro genitor fanno la lite.
Dimani si farà l'aggiustamento,
E il caro negligente
A Cornelio cornuto,
Ch'è l'impostor più franco,
Ha dato un foglio sottoscritto in bianco.

LIS.   Donde sapeste ciò?

DOR.   Da uno scrivano
Di ser Imbroglio, che a pietà s'è mosso
E di voi e di me. Quello che stese
La scrittura per noi del matrimonio.

LIS.   Adunque, che sarà?

DOR.   Già ho rimediato.
Vuò che l'ingannator resti ingannato.

LIS.   Come mai?

DOR.   Sol mi basta

Che al vostro genitore
Sottoscriver facciate questa carta. (*cava dalla tasca un foglio*)
S'egli, ch'è negligente,
Senza leggerlo prima,
Oggi soscrive il foglio,
Scherniremo Cornelio e ser Imbroglio.

LIS.   Tutto per voi farò. Già il padre mio
Si contenta che io
Vi prenda per mio sposo.

DOR.   E questo è bene.
Profittarsi conviene
Della sua negligenza.
Ditegli che la carta
Contien di nostre nozze il sol contratto.
Ei vi metta il suo nome, e il colpo è fatto.

LIS.   Non vorrei d'un inganno
Esser tacciata poi.

DOR.   Non dubitate.
Questa è l'ultima moda:
L'inganno, se va bene, ancor si loda.

Pria ritornare al fonte
  Vedrai torrente altero,
  Che all'amor mio sincero,
  Che alla mia fé costante,
  Tempre vedrai cangiar.
Né per ingiurie ed onte
  D'avversa iniqua stella,
  Questo mio core amante
  Della sua fiamma bella
  Mai si potrà scordar. (*parte*)

SCENA OTTAVA

LISAURA *sola.*

Giusti Dei, v'è nel mondo
Cotanta iniquità? V'è su la terra
Chi temerario ardisce
Rapir l'altrui con esecrando eccesso?
E lo soffrono i Numi? E stride invano
Il folgore di Giove?
Dove si cela, dove,
L'empio che il genitor tradire aspira?
Seco voglio sfogar lo sdegno e l'ira.
Ma no, femmina imbelle
Che dir, che far potrei?
Crudelissimi Dei,

Perché non mi è concesso
Potermi cimentar col viril sesso?
Farei veder ben io
Che ancor nel petto mio si cela un core
Di coraggio ripieno e di valore.

Tremo fra dubbi miei,
  Pavento i rai del giorno;
  Anche nel mio soggiorno
  Mi turbo e mi confondo.
  L'aure che ascolto intorno,
Mi fanno palpitar.
  Nascondermi vorrei,
  Vorrei scoprir l'errore,
  Né di celarmi ho core,
  Né core ho di parlar. (*parte*)

SCENA NONA

AURELIA, *poi* PASQUINO

AUR.	Del cor di Filiberto
	Sono quasi sicura,
	Ma Lisaura, Pasquino e Porporina
	Non mi ponno vedere.
	La politica vuole
	Ch'io me li renda amici,
	Perché i disegni miei riescan felici.
	Ecco Pasquin: con questo,
	Ch'è alquanto baccellone,
	Incomincio a provar la mia lezione.
PASQ.	Ingrata Porporina, (*verso la scena*)
	Ladra, cagna, assassina.
AUR.	Pasquino, e con chi l'hai?
PASQ.	Oh, non ti avessi conosciuta mai! (*come sopra*)
AUR.	T'han fatto qualche insulto?
PASQ.	Sì, m'han fatto
	Quello che far usate
	Voi altre femminacce indiavolate.
AUR.	Sei forse innamorato?
PASQ.	Così fossi appiccato!
AUR.	Forse tradito sei?
PASQ.	Così il diavol portasse via colei.
AUR.	Oh povero Pasquino,
	Che sei tanto bellino,
	Se tu volessi un po' di bene a me,
	Tutto questo mio cor saria per te.

PASQ.			Eh, mi burlate.
AUR.			No, credi, mio caro,

PASQ.   Eh, mi burlate.

AUR.   No, credi, mio caro,
        Che il mio labbro è sincero.

PASQ.   (Se dicesse da vero,
        Vendicar mi potrei di Porporina).

AUR.   Dammi la tua manina.

PASQ.   Se ci vede il padron, cosa dirà?

SCENA DECIMA

FILIBERTO *da una parte,* PORPORINA *dall'altra, osservano in disparte; e detti.*

AUR.   Non importa, vien qua.
        Fra noi s'ha d'aggiustare,
        E si vada il padrone a far squartare.

FIL.   (Obbligato).

PASQ.   Sì, sì, vada in malora
        Lui, la sua casa, e Porporina ancora.

PORP.   (Bravissimo).

AUR.   È noioso
        Il signor Filiberto agli occhi miei.

PASQ.   Più non posso di cuor mirar colei.

AUR.   Tu sì, sei graziosetto.

PASQ.   Sì, quello è un bel visetto.

AUR.   Se parlassi di cor...

PASQ.   Se vi degnaste...

AUR.   Sarei per te.

PASQ.   Vostro sarei, m'impegno.

FIL.   (Femmina indiavolata!)

PORP.   (Oh core indegno!)

        Allegri e contenti
AUR. } *a*   Ci amiam di buon core.
PASQ. *due*   Più dolce è l'amore
         Novello nel sen

PORP. } *a*   Che voglia mi vien
FIL.

    } *a*   E vada il padrone
AUR. *due*   E vada la serva,
PASQ.   A farsi squartar

FIL.   Indegna! (*ad Aurelia*)
PORP.   Briccone! (*a Pasquino*)
a due   Si tratta così?
AUR. } *a*   (Non v'è più rimedio, (*a Pasquino*)

PASQ.

PORP.   Con voi, sfacciatella, (*ad*
          Aurelia)
          Mi voglio sfogar.

AUR.   Con te, birboncella, (*a*
          Porporina)
          Non voglio gridar.

FIL. } *a* Fermate, tacete,
PASQ.

FIL.   Indegno, briccone,
          Ti vuò bastonar.

PASQ.   Non curo il padrone,
          Mi vuò vendicar.

AUR. } *a* Fermate, tacete,
PASQ.

a quattro   Che rabbia mi sento!
          Che fiero tormento!
          L'affanno, lo sdegno,
          Vuol farmi crepar.

ATTO TERZO

SCENA PRIMA

Camera.

LISAURA *e* DORINDO

LIS.	Sì, mio caro Dorindo, eccovi il foglio.
	Il padre, che di me non ha sospetto,
	Ieri l'ha sottoscritto, e non l'ha letto.
DOR.	Oh quanto di ciò godo! (*prende il foglio*)
	Vedrete oggi, mia cara,
	Quant'opportuno a noi fia questo foglio.
	E vedrà ser Imbroglio,
	E ser Cornelio, e il Conte, ch'è un baggiano,
	Che la biscia ha beccato il ciarlatano.
LIS.	Ma quando sarà il giorno
	Che potrò senza tema
	Dir: «Dorindo, sei mio»?
DOR.	Nulla di più desio.
	Oggi, se mi seconda amica sorte,
	Spero di divenir a voi consorte.
LIS.	Lo voglia il ciel.
DOR.	Vedrete
	Qual sia l'affetto mio.
	Oggi ci rivedrem. Lisaura, addio. (*parte*)

SCENA SECONDA

LISAURA *e* AURELIA

LIS.	Amor non dà mai pace.
	Quand'un'alma dovrebbe esser contenta,
	Timore e gelosia l'alma tormenta.
AUR.	O signora Lisaura, le son serva.
	Ella è sempre più bella e più vezzosa.
	Quando mai si fa sposa?
LIS.	Ch'io sia sposa o fanciulla,
	Quest'è un affar che a voi non preme nulla.
AUR.	Anzi mi preme assai;
	Anzi sempre bramai
	Che il ciel secondo e amico

	Fosse al suo cor. (Non me n'importa un fico).
LIS.	Ed io bramai di core,
	Per non dirvi bugia,
	Che voi di questa casa andaste via.
AUR.	Grazie alla sua bontà. V'andrò, ma forse
	Bramerà il mio ritorno,
	E si ricorderà d'Aurelia un giorno.
LIS.	È difficile molto.
AUR.	Oh già si sa,

LIS. Ed io bramai di core,

Per non dirvi bugia,

Che voi di questa casa andaste via.

AUR. Grazie alla sua bontà. V'andrò, ma forse

Bramerà il mio ritorno,

E si ricorderà d'Aurelia un giorno.

LIS. È difficile molto.

AUR.   Oh già si sa,

Che una dama di rango non si degna

Rammentarsi di me vile ed abbietta.

LIS. Siete, Aurelia mia cara, una fraschetta.

Principiai amar per gioco,

E d'amor il cor m'accesi;

Già m'alletta il dolce foco,

E maggiore ognor si fa.

Fra i piaceri e fra i diletti

Oggi nacque il mio tormento:

Ma d'amare io non mi pento,

Perché spero alfin pietà. (*parte*)

SCENA TERZA

AURELIA, *poi* CORNELIO

AUR. Vedrà, vedrà la stolta,

Quale sarà del simular l'effetto.

CORN. Aurelia, ecco in un foglio

Assicurata alfin la nostra sorte.

AUR. Adorato consorte,

Voi mi date la vita.

CORN.   Abbiam buscato

Trentamila ducati, e siamo in tre,

Diecimila de' quai toccano a me.

AUR. Ora, se a me non riesce

Di carpirgli la dote,

Poco v'importerà.

CORN.   Nulla mi preme.

I diecimila li godremo insieme.

AUR. (Buon per me. Filiberto

Ora meco è sdegnato).

CORN.   Che ne dite?

Son io di buona testa?

AUR.   Ma il denaro

L'avete ancora avuto?

CORN. No, ma son qui venuto

Per farmelo contare.

AUR.	Fra tanto ci potressimo sposare.
CORN.	Ciò si fa facilmente. Ecco la mano.
AUR.	Accetto il dolce invito:
	Tua consorte son io.
CORN.	Son tuo marito.

AUR. Che bel contento è questo
    Sposarsi qui fra noi!
    Ma questa sera poi,
    Cornelio, come andrà?
    Oh che piacer, mio caro,
    Oh che felicità!
    (Se Filiberto è in collera,
    Più non importa a me.
    Qualcuno sempre c'è
    Che fa la carità). (*parte*)

SCENA QUARTA

CORNELIO, *e poi* FILIBERTO

CORN.	Ecco il buon Filiberto.
FIL.	Amico, vi son schiavo.
CORN.	Vuò che mi dite: bravo.
	Fatt'ho l'aggiustamento.
	Tutto, tutto è finito.
FIL.	Oh che contento!
CORN.	Volete udir gli articoli ed i patti?
FIL.	Oibò!
CORN.	Legger volete
	La forma del contratto?
FIL.	Oibò!
CORN.	V'intendo.
	Volete solamente
	Il denaro contare?
FIL.	Oibò!
CORN.	Ma questo,
	Signore, tocca a voi.
FIL.	Eh, lo faremo poi.
CORN.	S'oggi non lo pagate,
	Rotto è il contratto, e in lite ritornate.
FIL.	Oggi si pagherà.
CORN.	Saper volete
	La somma?
FIL.	Oibò!
CORN.	Ma come si farà?
FIL.	Oggi venite, che si pagherà.
CORN.	Oggi dunque verrò da voi col Conte;

Fate che le monete siano pronte. (*parte*)

SCENA QUINTA

FILIBERTO *solo.*

Articoli, contratti,
Legger scritture e patti,
Oh che cosa noiosa! Palazzisti,
Avvocati, notari,
Che vocaboli amari! - Oh benedetta
La vita negligente!
Oh che gran bella cosa è il non far niente!

   Levarsi dopo il sole,
     E andar prima di quello
     Nel letto a riposar:
     Questa si può chiamar
     Vita beata.
   Chi faticar si suole,
     Consuma il suo cervello,
     E alfine ha da crepar.
     Compiango a lavorar
     La gente nata. (*parte*)

SCENA SESTA

PASQUINO, *poi* PORPORINA

PASQ.   Oh quanto mi dispiace
           Avermi disgustata Porporina!
PORP.   (Oh povera meschina!
           Or son senza marito).
PASQ.   (D'averla abbandonata io son pentito).
PORP.   (Eccolo. Traditore,
           Con Aurelia attaccarsi!)
PASQ.   (È qui. Crudel, lasciarsi
           Far giù da quel zerbino!)
PORP.   (Oh me infelice!)
PASQ.   (Oh povero Pasquino!)

PORP.   (Far la pace vorrei, ma non conviene,
           Che la prima io sia).
PASQ.   (Mi vien la fantasia
           Di chiamarla, ma temo un qualche oltraggio).

PORP.	(Porporina, fa cor).
PASQ.	(Pasquin, coraggio).
PORP.	Compatisca, signor. (*gli passa dinanzi*)
PASQ.	La compatisco.
	Dove, padrona?
PORP.	Dove mi guida il piè.
PASQ.	È in collera con me?
PORP.	Parmi averne ragione.
PASQ.	Io ho più ragion di lei.
PORP.	Lei badi a' fatti suoi, ch'io bado a' miei.
PASQ.	Bella cosa davvero:
	Lasciar per un amante il suo marito!
PORP.	Veramente polito!
	Trovarsi un'amorosa,
	E abbandonar così la propria sposa!
PASQ.	L'ho fatto per vendetta.
PORP.	Ed io per far servizio alla padrona.
PASQ.	Con Aurelia scherzai, credilo a me.
PORP.	Giuro ch'io non amai altri che te.
PASQ.	Dunque tu mi vuoi ben?
PORP.	Pur troppo, ingrato.
PASQ.	Ed io son di te sola innamorato.
PORP.	Per altro ti ho sentito...
PASQ.	Ti ho veduta frattanto...
PORP.	Mi hai fatto sospirare.
PASQ.	Ho tanto pianto!
PORP.	Briccon, così tradirmi?
PASQ.	Via, facciamo la pace.
PORP.	Signor no.
PASQ.	Signor sì, signor sì.
PORP.	Come la vogliam far?
PASQ.	Facciam così. (*s'abbracciano*)
	Vita mia, mio bel tesoro,
	Per te smanio, per te moro.
PORP.	Idol mio, mio dolce amore,
	Per te in sen mi brucia il core.
PASQ.	Fammi un vezzo.
PORP.	Io non ne so.
	Fallo tu.
PASQ.	T'insegnerò.
	Cara, cara.
PORP.	Bello, bello.
a due	Ahi, che amor con un martello
	Mi fracassa in petto il cor.
PORP.	Deh, non darmi gelosia.
PASQ.	Pace è fatta, e pace sia.
a due	Ho provato la gran pena!
	Ho provato il gran dolor! (*partono*)

SCENA SETTIMA

Sala.

FILIBERTO, CORNELIO, LISAURA, AURELIA; *uno che figura il* CONTE

FIL. No, no, madonna Aurelia,
Se tornate a svenir, sarà tutt'uno.
AUR. Possibile, signor...
FIL. S'anco vi vedo
Con la spuma alla bocca, io non vi credo.
CORN. Via, signor Filiberto,
Spicciate il signor Conte.
FIL. Quanto dice il contratto?
CORN. Trentamille ducati.
FIL. Eh, siete matto.
CORN. Tal è l'aggiustamento
Sottoscritto da voi.
FIL. Come!
LIS. Che sento!
CORN. Convien pagare, o da una nuova lite
Sarete travagliato.
FIL. Io sono assassinato,
Son mandato in malora.
Ecco lo scrigno con le chiavi ancora.

SCENA ULTIMA

DORINDO *e detti;* PORPORINA *e* PASQUINO *che restano in disparte.*

DOR. Fermatevi, signor, che nulla tiene
Quel vostro bel contratto.
Ai quanti è stipulato?
CORN. Stamane fu firmato.
DOR. Questo è del giorno d'ieri.
CORN. E che contiene?
DOR. Un'ampia donazione
Che fa di tutto il suo
Filiberto alla figlia.
Quest'istrumento il giorno d'ieri è fatto;
Onde non va di questo dì il contratto.
CORN. La lite tornerà...
DOR. Non ho paura;
So ch'ell'è un'impostura.
Signor, siete ingannato: (*a Filiberto*)
Cornelio e ser Imbroglio v'han gabbato.
FIL. Che siate benedetto! e qual mercede
Posso darvi, signor?

DOR.   Di vostra figlia
A me basta la mano; e voi sarete
Padron del vostro, fino che vivete.
FIL.   Io son contento.
LIS.   Ed io felice sono.
DOR.   Donatemi la destra, il cor vi dono.
FIL.   Aurelia, andate tosto
Fuori di casa mia.
AUR.   Poco m'importa;
Di già son maritata.
CORN.   V'ingannate.
Se la roba non v'è, più non vi voglio.
Non val l'obbligazione.
AUR.   Voi mi sposaste senza condizione.
Voglia, o non voglia, alfin vostra son io.
CORN.   Ho fatto un bel guadagno da par mio.
FIL.   Se speraste goder, soffrite il danno:
Sopra l'ingannator cade l'inganno.
PORP.   Pietà, signor padron.
PASQ.   Misericordia.
FIL.   Siete qui, disgraziati?
Ancor per questa volta
Vi siano i vostri falli perdonati.

CORO

Chi lieto giubila,
   Chi tristo geme,
   Chi piange e freme,
   Chi lieto sta.
Dolente è il core
   Del traditore,
   Ma l'innocente
   Godendo va.

Fine del Dramma.